[日]田岛征三 / 著·绘

彭 懿　周龙梅 / 译

GUANGXI NORMAL UNIVERSITY PRESS
广西师范大学出版社
·桂林·

我是一只球。

我跳向草丛，

猛地穿了过去。

实在太快了，
谁也没发现我。

唉，真没劲。

快来跟我玩呀！

怎么样，这下发现我了吧？

对不起，对不起！

尖尖的草，凉凉的草，
软绵绵的草，直挺挺的草。

在潮湿的地方，动物一动不动。

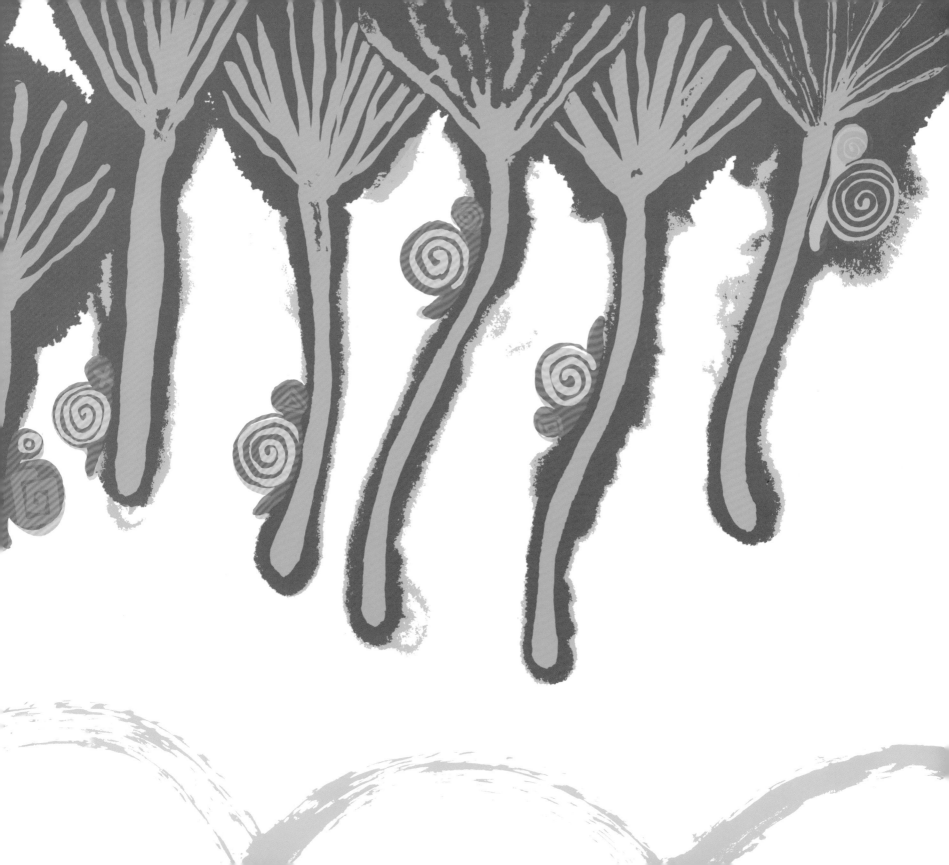

但在明亮的地方，连草也在跳舞。

你好——

再见……

草丛里，开出了一朵大大的花。

花瓣们吓得纷纷逃走了。

蔓草来抓我了。

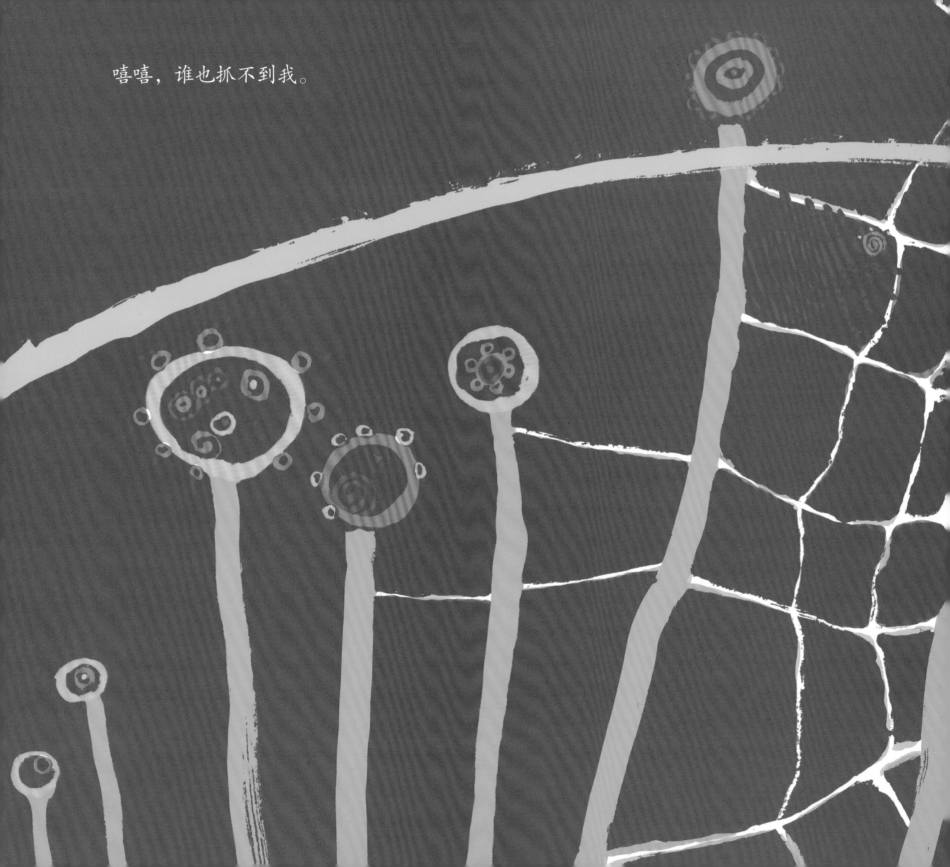

嘻嘻，谁也抓不到我。

我有点儿累了，

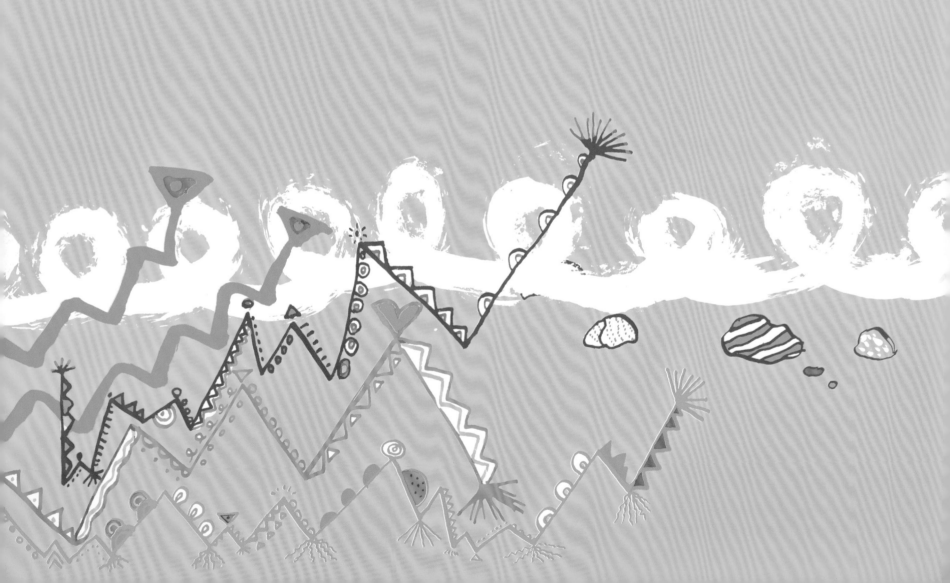

我滚出了草丛。

我的心里满满的。

草丛

Caocong

出 品 人：柳 漾

项目主管：石诗瑶

策划编辑：柳 漾

责任编辑：陈诗艺

助理编辑：马 玲

责任校对：郭琦波

责任美编：潘丽芬

责任技编：李春林

くさむら

Copyright © 1989 by Seizo Tashima

First published in Japan in 1989 by KAISEI-SHA Publishing Co., Ltd., Tokyo

Simplified Chinese edition copyright © 2019 by Guangxi Normal University Press Group Co., Ltd.

This edition arranged with KAISEI-SHA Publishing Co., Ltd. through Japan Foreign-Rights Centre/
Bardon-Chinese Media Agency.

All rights reserved.

著作权合同登记号桂图登字：20-2017-051 号

图书在版编目（CIP）数据

草丛／（日）田岛征三著、绘；彭懿，周龙梅译. 一桂林：广西师范大学出版社，2019.4
（魔法象. 图画书王国）
书名原文： Kusamura
ISBN 978-7-5598-1565-1

Ⅰ．①草… Ⅱ．①田…②彭…③周… Ⅲ．①儿童故事 - 图画故事 - 日本 - 现代 Ⅳ．① I313.85

中国版本图书馆 CIP 数据核字（2019）第 018815 号

广西师范大学出版社出版发行

（广西桂林市五里店路 9 号 邮政编码：541004）
网址：http://www.bbtpress.com
出版人：张艺兵
全国新华书店经销
北京盛通印刷股份有限公司印刷
（北京经济技术开发区经海三路 18 号 邮政编码：100176）
开本：787mm×1 120 mm 1/12
印张：3 插页：8 字数：32 千字
2019 年 4 月第 1 版 2019 年 4 月第 1 次印刷
定价：39. 80 元

如发现印装质量问题，影响阅读，请与出版社发行部门联系调换。